三十 Early

大叔與海

自序

大叔：

每個禮拜都在懷疑我跟海這個一週一詩的創作計畫是不是太難了，常常會覺得自己在重複一些詞句或是狀態。明明是因為三十歲了還一事無成，才開始認真寫詩，卻用了太多篇幅敘述到底有多不想上班、多想每天都待在家裡看劇發懶。我努力說服自己在沒什麼梗的時候寫廢詩，這樣累積久了也會有一種整體感，並學習在寫出不夠好的東西時饒過自己，用截稿日當作停損點，等以後一不小心有空時再來修改。不過隨著日子一天天過，居然還是時不時會有值得認真書寫的事件和心境出現，也會寫出差點為自己鼓掌的好東西。

我從十幾歲剛開始接觸詩的時候，就認為詩最大放光明的時刻，就是有人讀懂了其中隱晦的幽默和曖昧。當轉換為自己寫詩，也就自然而然試圖巧妙地把詩眼藏在看似若無其事的描述裡面，等待他人或是以後的自己被句子猛然打到，然後懷疑是不是有病才會被這種莫名其妙的詩弄得會了心。

雖然中間也是有雜事過多而拖稿，但能從二〇二〇年持續寫作至今，完全多虧有遠在德國的海作為夥伴，互相從生活中的小事激發反思，互相批評或是取暖，無論疲或不疲，寫作都是快樂的。也多虧我的藝術家老婆認真告訴我這些詩不集結成冊太可惜，推動我們投稿，現在也真的出版了。

三十有一，希望這一事有成，能像齒輪第一次卡合後就這樣綿綿不絕的向前轉動，不斷用詩句為生活找到一些值得拾起的細碎塵埃。

海：

二〇二〇春天歐洲風聲鶴唳地囤罐頭、搶衛生紙，封城的街上迎來高度反差的暖春。在風光明媚的春天，我們的寫作復健第一篇是練習寫遺書。但畢竟情感不是每天都有如起司焗烤般地濃郁，每週每週地寫，再多的感傷都會在追死線中消耗殆盡。而且在異地歷經好幾次自我懷疑的天崩地裂，讓我深信平凡到寫不出感傷詩句的生活是最好的，而最好的日子我們也應當寫下。我們從每週的閒聊與互相吐槽中取材，如同冰箱打開看到有什麼菜就煮什麼，偶爾會意外煮出想稱讚自己或是對方「是生活智慧王嗎？」的作品。

而我一直認為詩跟人一樣是多面的，因此寫作者跟讀者可以有不同的詮釋。雖然也會期望讀者察覺我試圖埋藏的小趣味，像是指出湯裡面加了什麼香料一般。不過，就算是我對詩毫無共鳴的另一半說的「你好像在意指其他東西，雖然我不清楚那是什麼。」如此的評語，也讓我心喜。畢竟悲傷與搞笑時常一體兩面，「不清楚」或許才是正解。

二〇二二初春，遠在台灣的大叔寫訊息提醒我交稿的早晨，俄國對烏克蘭開戰。另一種世界末日如此接近。彷彿為了把自己好好地安置在一種日常的軌跡，還是老樣子因為客戶反覆感到崩潰地上班，甚至還是會對另一半忘記把烤盤上油膩的烤紙丟掉而感到心煩。從世界末日感寫到世界末日即將降臨也依舊揮之不去的生活感，這週我們的文藝復健練習也將繼續。

每天都是一種練習，因為明天，明天還不是世界末日，只是人生正常發揮。

目次

只想做夢啊

這就是人生嗎

毫無詩意欸

足夠幸福了

序詩：一事無成功三十

不得不的白日夢
做足靜音和防曬
誰指著提示版上的空白
誰趁著沒有對白收音
喀地一聲
天外飛來一針
沒有三長兩短
刺進了誰的心坎

對街的人舉起雙臂大聲呼喊
「就算與全世界為敵
還是要堅持自己」
保持社交安全距離
你選擇輕語
我不忍轉身
逐漸沉重的上肢
堅持著比了個中指
希望戳中全世界的心坎

眼神和好幾次的欲言又止
質地易碎

閃著夕陽餘暉
貝斯連續的空E弦音
就快要踏上旅程
那個被選中的人
假裝忘記三十歲
夢中與誰吻別
現實裡
我們忙著補防曬

上班好爽喔（不想上班啊！）

週五的公務員

杯子裡的咖啡晃映著
天花板上毫無美感的輕鋼架燈
都睏成了一千支蠟燭的水晶吊燈
哈啊好想下班
今早不過十點就開始碎念
自由要用麻木換取

簽收了公文三次
岸邊咬牙等待巨浪拍上礁石
歸檔了公文五件
長出青苔的馬桶順暢的沖水
寄出了郵件七封
祭出了匣中七把飛劍卻無敵
沖了第二壺咖啡
不再獻祭活人祈求雨水

還要五分鐘才下午四點
一坪大辦公隔板內的公務員
明亮而晦暗
簽稿並陳著可有可無的智商

靠著幾副臉譜遮掩
和不了解的
避免眼神零星交火
密謀數個晝夜
將在兩小時內逃出
升天

等

1

打開又關上的視窗
欲說卻未言的話語
（主管的衣服看起來很緊繃）
是是是地敲響辦公室特有的一種木魚
牢牢地坐等在充滿鬼怪之處入定成佛
唯有滑鼠跟著思緒飄來飄去
（所以等等晚餐要吃什麼）

年少時不知會有那麼一天
從地獄裡來再往地獄裡去
他們安慰我
「小孩在鬧還一邊要加班的地獄還沒到呢」

2

「錯過這次再等一百九十五年」
可計算卻無法縮短的等待
一期一會
甩街大拍賣般地廉價
不再曝光的底片下

焦灼地望著
那個
永遠是最美的初戀
（像是你也曾等過的
說即將抵達卻遲遲未到的包裹）
（信箱寂寥的黃色小紙條：
請您前往三十光年外的
in the middle of nowhere
簽收您的包裹）
錯過了就再也不回頭

被放鳥

有些人心特別軟
特別喜歡開籠子
而有些事事較真的人
特別容易被放成一隻鳥

被放成一隻鴿子
咕咕碎念

海

最後還是回到最初的起點
（用情至深的傻子）

被放成一隻麻雀
在清晨的廣場
把自己吹成一顆快樂的圓球
（不好意思說其實早就等很久了）

被放成一隻烏鴉
穿過黃昏不滿的一聲
ㄍ——ㄚ
（偶爾也是有太心急而ㄢㄚ不分的時候）

世上最快與最慢
軍艦鳥與山鷸
對四百公里與八公里的時速來說
一秒同樣是一秒
而你又算是
哪隻鳥

每天喚醒我的不是鬧鐘也不是熱情

有你的夢
無聲卻有彩色
結局開了門我還在等
一個好萊塢式的吻
前晚多喝的那杯水
在鬧鐘喊卡之前先定了格

散場的燈還沒亮起
卻不得不離席

寒流來襲
要熟不熟的年紀
沒有過不去的自己
同個場景終需獨自面對
現實與膀胱
顯得同樣無力的悲催

場外漸漸亮起
定點位置的嘩啦啦
妄想真心話也可以如此乾脆
本能面前
終於一吐為快的欣慰

連續四個工作日起床都想裝病

周三夜裡來信
眉頭夾著深深的情緒
長長的待辦清單懸在港邊
床上擱淺
無法滑進夢的邊緣

你說我咖啡喝太多
才導致思緒的痙攣

海

隔著螢幕閃爍的汪洋
我們各自解讀同一種頭痛
是否構成有病的理由
（風雨裡蹉跎
窒礙難行的航圖
大人說不可質疑你的神）

日復一日地打磨語言
懇望其如漁夫手中的利刃
多想嘩啦啦一吐為快
（無奈只侷限於早晨的馬桶）
一刀斃命
幻想自己是漁夫的一條魚

醒來以後就活在魚缸裡了
乾澀如魚飼料的問候漂浮著
罐頭式地說「我很好啊」
缸裡一切正常
生活與夢境
誰知道哪個
更有病

裝病最好選在疫情期間

穿過鐵門謫貶下樓
樓梯間陽光無法消散
已經不想被直射
佇著佇著
已經不想屈膝
楞著楞著
默默地峰迴路轉
疫情期間還是別裝病好了

印加不願意
印地安也不願意
強極一時
神廟高聳刺破面具
口沫以強弓勁弩之勢噴出
天花亂墜的黃金雨
後見之明
能一不小心成為征服者的
必須打從心裡
忘記自己有病

拉開第二道鐵門
沉重的深吸了一口氣
哈啊
咖啡、牙膏加舌苔
患有口臭
患有自以為失眠其實只是熬夜
患有庸人自擾

有病又收割了一個文明
還在柏油的焦灼中茫什麼然
而低下頭
正午的影子
清晰到不能說找不到焦點

裝不來的
因為你打從心裡
記得自己有病

斷線之後

1

時間定格了六秒
將彼此的言語剪下
被迫凝視你半闔的眼瞼
很有禮貌地
堅持下去
不中離起身

海

不截圖做迷因
有些人訊號不好
有些人假裝訊號不好
「其實我現在都穿睡衣開會」

2

時間定格了兩年
將彼此移動的距離省下
店門被迫拉下
很有禮貌地
堅持下去
不要太常出門

起身的時後記得戴口罩
有些人討厭戴口罩
有些人在口罩鬆了一口氣
「我們在口罩後依然微笑地替您服務」*

3

還在線上的人
無言的此刻
終於開始端詳
彼此的長相

* 此句為德國國鐵在疫情間新增之廣播詞。

再滑啊

左滑貪睡右滑安睡
掙扎幾秒
熱氣球國小海浪藏身處
再幻再鬼再春
抵不過偶然解鎖的手機畫面
螢光裡的非真非假
一不小心也會滑成一記結實正拳

逃避現實無須遠遊狂歡
向後一躺
解熱鎮痛抗憂鬱
滑個手機多有效率

找不到人生目標也有解
臉書IG交替使用
以焦慮充滿鼻腔
佐個新聞鋪點苦澀在舌尖
打開通訊軟體
用煩躁墊胃
最後主菜券商軟體
嗆到你淚水鼻水滿臉

懂？
人生目標
滑著滑著就知道那是不存在的東西

內勤十一個月輪迴式記事

旁觀了一個文明的興衰
如一尊存在感刷滿的佛
頂天立地
非站非臥
無形無色
直到混沌中一次無聲巨響
瞬間化作宇宙大的鹹魚
翻身下床

踩進病榻
有魂無體
兀兀站在紅綠交疊的螢幕上
直望著金錢是時間的樣子
忘記承諾
假裝瞑目
享受醃製
五臟六腑事先被掏了空
拋在鍵盤上也能無心成就一篇公文
五臟六腑事先被掏了空
享受醃製
假裝瞑目
忘記承諾

直望著金錢是時間的樣子
兀兀站在紅綠交疊的螢幕上
有魂無體
踩進病榻
翻身下床
瞬間化作宇宙大的鹹魚
直到混沌中一次無聲巨響
無形無色
非站非臥
頂天立地
如一尊存在感刷滿的佛
旁觀了一個文明的興衰

討債人生

放假前必須飲用咖啡至少半升
打起五天不曾有的精神
不論夜深
血絲再怎麼佈滿
袖子一捲再捲
誓討上班欠的久債

終日討債
螢幕一亮就圍成困局
找不到路還是
划啊划的
不願也不敢靠上
哇這就是我人生目標的岸

岸你金價討債
只不過跨不到頭前
只不過轉不來
世間花花
免問天免問地
眼睛一瞌幹那生活同款照過

望你好好的討債
每日恬恬做著好好的人
要拚
就拚一個身體健康
就好

放鳥函數

親友與工作的加總除以時間等於放鳥度
得出來的數值若超過標準
則反導，放放親友或工作的鳥
來降低其中之一的量
再平衡兩者的關係

時間為常數
用沒時間做為放鳥理由的誰

足認非存於同一宇宙的智慧物種
還是認為人人皆有精神時光屋
那我早湊齊七顆龍珠
許你一個再也不能放鳥的
永恆的愛情

親友為變數
此集合全是獨一無二的質數座標
親疏遠近分做X與Y軸
相遠不一定相疏
相近不一定想親
更何況還有代表懶惰程度的Z軸
穿過原點
拉扯此變數與工作的占比

工作則為另一個變數
與親友同為人生的子集
卻常常被認為是狗屁的空集
似乎要用錢去填才會顯現意義
疲勞和倦怠是必須品
搞得總量的上升非常快速
三不五時抱歉今晚聚餐要缺席

放鳥度的心算隨年紀而純熟
懂得越多不得不
越容易接受導出的再約沒關係

每次被放鳥我都拿這個公式
套在別人身上
說服自己這就是同理心

盡在不言中

終於找到
讓自己閉嘴的鍵
所有的內心話都苦盡甘來
不繼續攤著賺錢
不忘時時查看
麥克風上的斜線

終於找到
讓每個人都閉嘴的鍵
所有的雄辯者都沒有察覺
猙獰和飛沫
差不多我一個
隔空又隔音的小小頭點

禮貌而關麥
害羞再關鏡頭
誰又是誰
誰在也不在
僥倖映上岩壁的那張
五官齊全的大臉
今晚成了他人的超驗

渴望而開麥
孤獨再開鏡頭
洞穴的訊號再微弱
燭光搖著搖著也過了兩年
囚徒如我
終於親眼所見
解壓縮後的你

只想做夢啊

一茫就周末

用一聲念的時候總伸著左小指
酒精順著經脈溶進躊躇
再把三四五字的招式大喊出來
也能裝到像真的排了毒

用二聲念起來配上望天
也能瞧見蜜蜂被紋了什麼
生谷底我在人

突然就悟出的左右互搏
失手把孤獨打成加倍孤獨
不小心手印表情一對
身後則萬丈佛光

哼出第三第四聲前力竭
久釀到週五的放飛
最後變成趴睡
睜眼逃不出陰晴圓缺
閉眼方見茫茫三千世界
再耽溺再虛度
不再孤獨

想睡

之一

最想睡的時候倒不是因為累
是被困在鬧鐘貪睡功能的九分鐘內

雷打不斷六道流轉
不知輪迴幾次才投胎成人
只知寧願停在畜生那道當隻豬

通常無有恐怖
幾次用重複的九分鐘做的那些
半夢半醒似夢非夢
一切如渾沌初開
萬物只為了一個目的齊聲低頌
「再睡一下就好再睡一下就好再睡一下就好……」

罣礙突然一來
反而一鼓作氣遠離顛倒夢想
接著涅槃
我是說起床

之二

好想睡
有蚊子
有咖啡
有老婆
太晚喝咖啡然後老婆的臉上有蚊子

打蚊子
滑手機
看老婆
滑著手機等著打老婆臉上的蚊子

碰巧躺在這

懸崖邊的水痕是浪潑的
我只是觸礁後碰巧躺在這
藍天白雲望著
岩石漸漸也會軟化
枕頭慢慢也會凝固

等潮水退的夠了
才會想起肚子餓

吃飽了就離開東部海岸
迎著季風北上
不去看再也轉不過去的彎
不去體會嘴裡的鹹
翻過身背對溫暖的深淵

去擁抱自尋煩惱的候鳥
一起在延期日常中裝忙
放任季風加速海蝕
退守窗內
收起計畫已久的跳板
把遷徙若無其事的忘掉

差點忘記強調那都是浪潑的
我只是上岸後碰巧躺在這

吃火鍋

身心皆寒的晚上
「沒關係，剛好適合吃火鍋」
鍋裡我們涮著
瘋狂工作還是沒辦法說忘就忘
肚子餓的惆悵

一半麻辣一半養生
相信世間真理就是這樣各二分之一

海

像是1/2亂馬是經典之作
1/2純情這首曲子偶爾還是會哼哼
戀愛也因此是1/2
儘管不是100％的女孩
卻還是得到了完整的傷心
飽含了湯汁
（他帶著歉意說這是特別招待）
呼呼呼
我只是在吹涼
否則我該如何啟齒
如同一塊鴨血載浮載沉
為了忘卻下了一盤又一盤的肉

一直沒有補的湯底
有些心事在其中熬著滾著
就此變得稠稠的

而眼前一片模糊
都是因為眼鏡起霧的關係
在這寒流到臨的夜裡
我們怎能不吃火鍋

曾經也相信

曾經也相信
一條死線懸起的無限可能性
划啊划　擠啊擠
時間的乳溝間垂釣
充血的雙眼中狹路相逢
共捕著同一種病

曾經也相信
驚濤駭浪裡堅持理想主義

直到喚醒
某個誰的真心
才發現海面上每個人
裝睡也是有其原因

曾經也相信
船到橋頭自然直
直到浪頭把自己推到極限
不小心歪過頭的人
就也接受有些橋頭終究無法停泊
不如夕陽下相約共品
底站的羊肉火鍋

濫好人的資格取得

你在不該沉默的時候逃掉
到月球的暗面如臨
永夜裡打著光
翻出那塊正確的香蕉皮
刻著正確的詩句
讓你忍不住又滑了一跤
從邊緣
再一次墜落

途中一不小心懷疑起來
有沒有資格在讀詩的時候抖腳

你在該哭的時候笑
連冰川都暫時停止崩塌
一個藉口填起坑口
埋葬錯誤的
隕石忘記錯誤的若無其事
讓你忍不住又拯救了地球
氣溫再一次驟降
這次有了資格
安心的在寫詩的時候抖腳

再怎麼說也是必須相對易詩的吧

靴子又覆滿灰白
在被自己遺忘的角落
念頭持續蓬勃
淺淺薄薄的扎根
等著久違的突然的夢
用驚醒一掃
而空

都怪這裡總要濕不濕
任誰都會分心
從頑石變培養皿
原本期待苔蘚
卻等到吐司發霉
在被刻意遺忘的角落
臉色有點青黑

黑到都發了亮
曾經在不可察處蔓延
一旦直接不演
任誰都會成為詩人
詩到長滿黴菌

在眾人遺忘的角落
不斷叨唸

越唸越長的菌絲
覆滿整座城市
無關寒暑
只須夠濕

Wanderung

——致F

微光的清晨出發
我來到你的面前
狡猾的小石頭
總是輕輕地在路上跳動
讓我前進得慢一些

高聳向上的的欲望
眾人皆身在其中

正午陽光燒出羞赧的面頰
口乾舌燥
像是第一次的模樣
也就開始相信額上的汗有某種詩意

在山谷獨白
才知道自己比想像地還期待
你的回音
可你是山頂上的草原
順著話語刮起的風柔順地躺下
任人來去但不被任何人征服

這樣也好
話說完，我就會走

偶爾想起你遼闊的樣子
請不要擔心

購物慾

無處可去的春日
無處展示的唇膏大肆喧囂
今春最新流行色（完美轉印各式口罩）
看了這件商品的人也看了美白牙膏

理性的我
邊瀏覽邊分析
自己如何掉入這商人的陷阱

感性的我
傷了半天腦筋
還是決定加購兩組微笑
確保下次再見時依舊可人

系統提醒我可以選擇分期
或是把這思念一次付清
且讓我揮霍地
不斷點擊確認確認確認
就好像我也活得如此毫不遲疑

再集幾次見不到的日子
再見面時或許就能換滿額禮

一盒滿滿的甜蜜（正貨）
依靠在肩上的溫熱氣息（小樣）
我就是如此貪圖你的便宜

就讓月底末日來臨
反正除了精心準備的吻
我早已孑然一身

果實

曾經有人在等
等著在秋天被溫柔地摘取

有些人等不到
就掛在枝上乾枯了
有些人撐不住寂寞地裂
傷口結滿甜蜜的疤

海

有些人寧可摔在土裡爛
（他們害怕自己的真心被品嚐）

而你走入了畫
成為了永恆的靜物

粒粒在目

我還在期待
某一天殼被剝去
在你手心毫無保留地敞開
無關節操
我們都擁有著複數個真心
足夠在漫漫長夜中耗

海

不是電腦選出來的那個也沒關係
（誰又知道本命沉在哪個罐頭裡）
為了那句「真香」
義無反顧
在你唇齒間粉身碎骨

其實也知道
世上分兩種人
過敏與不過敏
殺得死與殺不死
愛我與不愛我
那些終將錯過的也只是
彼此春日的下酒菜

記得小心黃麴毒素

恐怖片裡從陰暗角落
衣櫥深處
突然冒出拍手不知道是在拍什麼意思的
蒼白手臂不過要討點花生吃
一顆接一顆
螢幕內外都在努力對拍
嚇人的音效和尖叫

不間斷的去殼和咀嚼
硬是被嗑出喜感

噩夢裡的米色果實
無以名狀
突然摩根費里曼旁白起你不必要的徬徨
吃太多花生長了痘痘
一顆接一顆
臉孔一張換過一張
忘記夢裡內外唯有情緒連貫
失去的喉結和皺紋
得到的痘痘
不會真的把你的青春找回來

展場裡飛落的花生
沉默的壓力
第一個走進來的孩童笑著踩碎殼衣
和誰都不明白何時戴上的面具
一顆接一顆
年齡一年接著一年的長
無力的面對日積月累的花生
猛然回過頭來
發現自己還是有臉皮（和小聰明）
吃出一地的廚餘

這就是人生嗎

每天都在打躲避球

球在人間地府來回往復
輾轉幾手再勾走一個
不知好歹的魂魄
有時敗部也能復活
囂叫幾聲卻又忘了
敵人總來自背後

英雄永遠來得及轉身
無視球上的火焰與黑洞
發誓這輩子絕不閃躲
疼痛和孤獨一概接受
中二病發作
拒絕承認這只是場躲避球

魯蛇如我還在角落
政治非常正確是練習的成果
承諾謹守章程精神
出手和出口一概溫柔
捨身再擋幾次球
想著待會領的便當會不會有肉

雙腿間遭遇過的痛苦還會回來找你

從被打中的那天開始
你學會乖乖倒數
下一顆隕石的墜落
不偏不倚的二十八天
比諾言更加可靠

他走進來的那刻
曾經也是充滿可能性的床

海

如今清倉大甩賣一般
肥美的岩漿肆無忌憚
燒出更多的不堪
但願真的有純白超薄的什麼在下面接著
令人安心地一覺到天明

雙腿間遭遇過的痛苦還會回來找你
而不斷被擊中的三角地帶
在年與年之間
安靜地與宇宙一同等待
傳說中的真愛

牙痛

關於你的記憶
太過於甜蜜
我不忍刷掉
最後酸蝕出一個洞
日夜提醒我
痛

海

在你離開後
無論是冬夜的單人小火鍋
或是大腳桶金桔檸檬
都是同等的
酸
我想我現在是敏感性牙齒

他們說我必須馬上去檢查
電話那端說沒有空檔
我最快下下週三可以去報到
可憐整座城市排隊等著被治療

戰戰兢兢
向他人展示最不堪的內裡
「醫生我到底是哪裡有問題」
「你看起來很健康，我們先來洗一洗」
高頻嗡嗡聲適合放空
偶爾疼痛
原來是被戳中的言不由衷

X光片顯示不必要的小聰明
跌了一跤
離壓迫僅一步之遙
說最好是拔掉

你也會希望那些曾經
也跟著被移除就好了嗎？

按照指示定時清潔
不要偷懶放過思念的死角
用力過度而略微發青的手指
清涼薄荷味的微笑
從此也是個健康的人了

這不是暴牙是下顎內縮

十四歲時醫生說我是
十八歲的上顱配十二歲的下顎
上下排牙齒間肯定有什麼
經度或黑洞
青春的煩惱或分布不均的賀爾蒙
還是誰的話語如白矮星
挾後悔和羞愧在牙縫穿進穿出

才卡了一點時間的殘渣
不得不有了時差

二十歲時同學說我是
四十歲的臉配三歲的心智
外表看似大叔
幼稚卻過於常人的
南部囝仔突變以適應高緯度
高海拔高傲高拐的這所在
智商降低嘴巴閉緊
掩蓋持續變大的牙縫
萎縮的夢和牙齦

快三十歲這時
自覺一切對上了該在的位子
恰到好處的人生
卻咬到太硬的芒果乾
驚覺依然咬合不正

嚼著嚼著
逆著誰的期望還是順利消化
時差持續的上下排牙齒
小小的空隙橫亙無底的食慾
牙醫的夢魘
還有芒果乾的纖維

都買不到啦

天光時不時打下來
未來的想像隨後隆隆作響
照瞎你
震聾你
剝奪你
爽死你
「最新的抗噪耳機可以消除機艙內80%的噪音」
「特別的剪裁讓你在從事戶外活動時保持時尚」

明知不用買不能買沒錢買
但又覺得不買好像在阻止這些美好實現的可能
再發現再高的ＣＰ值
美好的可能性不因此升高
「嚴選頂級低溫保鮮九葉青花椒麻辣鍋」
「革新性的料理與飲品重新演譯餐桌上的台灣滋味」
明知吃飽就好簡單就好健康就好
但又覺得在特殊時刻就該吃些形容詞太多的餐點
前所未有的美味
後來都變成了大便

「因為疫情影響各大通路全面短缺泡麵衛生紙」
「不排除隕石掉落在西太平洋引發史上最大海嘯」

明知恐慌無用囤貨不切實際
但又覺得末日來臨時還是能正常的擦屁股好像不錯
這年春天口罩酒精食物都稀缺
大家還是偏愛低能又方便

說了天光會照瞎你
照了你就信
信了你就買
買了你還以為是捐
神父師父老闆專家學者
24小時放送更新的消息
不善不惡非真非偽
你的信仰隨時變動
卻看似更加堅定

相信有房有車才能成家上流
相信愛情婚姻才能一生圓滿
相信股市不如相信明天太陽還是會升起
相信末日不如相信明天太陽突然氦閃
完成你的信仰就要
買一生富有無憂
買一生真愛相伴
買一張永遠漲停的股票
買一張離開太陽系的船票

都買不到沒關係
你可以好好跟愛人窩在家一起再更靠近末日一點

喔浪漫到購物慾終於打不到你
卻一不小心提醒自己記得先買幾手啤酒和幾包薯片

世界斷網日

終於全世界都斷了網
巷子口的百視達重新開張
書店於是專心賣書
咖啡廳不再販賣插座與WiFi
唱片行裡的耳機也重新溫熱

失去Google的全知者
自顧自的坐滿圖書館

低語討論現實中的社交難題
脫離臉書的常發廢文者
有些成了暢銷榜上的作家
（幸好換個方式依然有廢文可看）
沒有IG的常發限動者
倒是一如往常的
慢慢老去

演算法不再綁架相顧無語滑手機的情侶
不再提醒昨天想買的是什麼東西
不再為選擇增加更多的猶豫

詩人逐漸人滿為患
只剩寫詩

能在這時輕易吸引愛人的注意
一篇接一篇
讀到他還是成了癮
讀到他遲遲才發現其中的……

十月小記在有天際線的城市

一些人在轉角咖啡店
吃著酪梨抹醬的有機全麥麵包
一些人站在街頭
討論今晚輪到誰使用昨天撿到的床墊
有著天際線的城市
滿載銅臭與尿騷味
左與右同時高歌
車站前人們快樂地純粹

過於高尚地自恃
才會猶疑過路時憋氣
是否合乎禮儀

月台上秋日金黃發燙
我走向逐漸消融的夕陽
等待誤點火車
將我們通通載走

坐北朝南

十幾年來的偽裝
忘記醬油放在爐台下面
舊報紙在飲水機旁邊
隔壁的鄰居姓王
我不在家鄉
也不在遠方

抽油煙機被保鮮膜封起
走不開台北的廚房

只能持續的背向北方
被油煙嗆著哭笑
嘴上幹譙早日退休
心想每一個遠離帶來的自由

抬頭不見陽光烈的令人生厭
陰雨寒風鬱得多麼可喜
又一次新年
又一年的坐北朝南
穿過南迴隧道
忘記台九線上的曲折
哪裡才是南方

等

等什麼下班
這已經不是下課鐘聲按時響起的時代
偶爾日落會吠幾聲充當並提神
驀然也會行到臉書窮處
坐看卻只有疊起的
待辦事項明天續
無薪加班歸不歸

等什麼火車
這已經不是連假的第一天啦
明天就要去等下班
再三十年就要等退休了
還要再四個小時的慢疑離鄉
終點站前有便當吃
就發誓不再貪瞋癡

等什麼無聊
這已經不是鯨向海還有得賞的日子
翻來覆去似乎人生都幽默不得
要多慘多痲木才能暢銷
有病讀詩

讀詩得病
無聊而致的患點不得舒緩
不如自己罵聲幹

等什麼愛人
這已經不是絕情谷底的寒窯
語帶保留故作神祕
不再被視為真摯的前戲
朝朝暮暮柴米油鹽
成了英雄必經的幽暗小徑
等你下班
等你凱旋
等你……
等來等去不如多說幾次我愛你

過半

神說第七天是安息的日子

一天兩天三天
一腳踏入了一週的結束
辦公桌前溫馴良善的動物
暗自期待週而復始的盡頭

海

愛情的迷你專輯

一首兩首三首
又痛又苦好成市場暢銷
自以為獨特才發現
播到結尾
大家都是同一顆芭樂

算數

一個兩個三個
有人負責數饅頭
有人還在看該搓多少圓仔

（都是前幾天元宵節的緣故）
少數服從多數
場外我們吃著便當
等待風的轉向

從此

前日還在搖晃過猛的吊橋上
他們說什麼效應不效應
天時地利幾分之幾
慢幾拍的心跳
示意那種我比較想相信的命運

昨日花了三千個朝夕
走到你身旁

揑著沒有更新的紙本地圖
遲交太久的考卷
手心的汗也可以模糊景色幾分
而我必須承認
沒有網路就不知自己身在何處
我不行
但你可以

告別的今夕
剪刀石頭布
決定從此
誰將繞過全世界的獨木橋
誰將迴避人間的陽關道

二分之一二分之一
這樣對誰來說都公平

過於明亮的城市
沒有人注意到月亮掉進了你的口袋
不敢走夜路的我
只能在原地徘徊

過了很久以後
你變成了遠處升起的星星
而我終於可以前行

並不期待些什麼

一百號公車向南的中途，並不期待些什麼
十七樓誠品終日的閱讀，並不期待些什麼

籃球場上從來不敢倒下
對視太陽將過度換氣
接觸地板會大面積破皮
破的是腳是手是心是
制服褲上的洞也不期待些什麼

左手邊的城市
有除不盡的鹹鏽
重複使用而失去溫度的夕陽
不知再對摺自己幾次才抵達得了的
港口並不期待

閃躲每一次的凝望
畏懼未知的呼之欲出
如仇、若驚
斜眼瞄著空污中燃燒的八五大樓
還是差點被人行道磚閃瞎
走在中山路上

末日是否依舊一觸即發
洪水是否又將大橋沖垮
我不表態更不期待

高鐵向南的中途我戴上耳機，並不期待些什麼
家裡車子和門口終日的鞋子，並不期待些什麼

拖一拖

訊息還不忍讀
直到思緒行過的水痕
佈滿心房
刀起還沒落
電鍋卻跳起
生米已煮成熟飯
時間會解決一切
但總是過不去自己那關

海

直到眾人已經入座
誰還跪在地上自以為辛度瑞拉

閃爍的游標與午夜鐘聲拉著警報
被勵志文章無限鼓吹的夢
膨脹地讓人窒息
「所以人生就是這樣了嗎」

有時也會想遁逃至
柴米油鹽完全填充的遠方
積灰的地板
崩潰著要趕緊被拖一拖
直到你的出現

我是多麼不中用卻安全地
躺在你的臂彎
甘心把週末早晨完全蹉跎

反正還是會忘記

指尖的躊躇
腦海裡頭梭巡
正確答案的那個點
好像要到但又沒到
的反高潮

三次機會允許失敗
這世上少有的寬宏大量

錯到不能再錯
讓我們捧著泡過頭的提示
重新來過

母親的小名
叨念的海洋中沉沒
五歲時住過的那條街
巷子盡頭有棵高高的樹
路牌卻總是一片模糊

第一隻養的寵物
乾涸地死在五歲時午後的陽光裡
最喜歡的小說
哲學角度爭辯是不可還是不能
分手後下定決心忘記的
愛人生日
（明明終於不再出現在夢裡）

重新提取的
儘管小心地寫在紙條上
浪頭襲向日常
沉浮的字跡

讓每個重複
都像新的一樣。

我一生都在對不起人

預支了很多的愛
期望是複利
卻總因意志的缺乏
構築不出想像中的堂皇

潑濺滿地的牛奶
還尚且來不及哭泣
便得到了一句「實在是討債」

海

分不清債權債務的我們
誰該還又誰該討
上輩子還是這輩子
我們比著
輩子長還是被子厚
包裹現在就只能這樣的沉默

你從嘴裡掏出了槍
我還能如何抵抗
身後早已是
滿面紅漆的牆

毫無詩意欸

指甲

範圍內的被視之為必要
超出的時間沖積物
只能偷偷地堆在指尖
例如每年年初許下的宏願
例如莫名生日又到的尷尬
又例如明知無望的
愛的徒然

海

看似無用
但撕標籤紙還不錯用
像我這個人一樣
作為稱職暖場團那樣多餘地可愛
累積多日薄積厚發在
半夜耳朵發癢時

就當作是你也想起了我

曾經也有想過
塗上鮮豔的漆
或許再黏上幾顆施華洛世奇
跟卡通裡的壞女人一起

細心呵護寂寞
但願你不曉得內裡藏著多少思念的垢

當壞人老是失敗
只能繼續當個健康但不總是快樂純淨的好兒童
喀喀喀喀喀
像是一口氣刪掉所有陳年未讀信件
喀喀喀喀喀
像是午夜之前上傳完美壓線
喀喀喀喀喀
那些定期修剪的清爽指尖
將留給往後的人生
安靜地擱淺

要剪不剪

比起花瓣
剪指甲更適合碎數著他愛不愛我
改變結果頂多再拚個一刀
疼痛不如持續猜測
見血不如已讀你是回不回
十隻手指用完答案若仍沒著落……
可以試試腳趾

說慢不慢還是會長回來的
畢竟你的自嘲尚未失去功能
輕鑷著愉快
擠出一些靈感
順手清理更為無用的
過於突出的躊躇和鼻毛
再連著久積的垢剪斷
捨苦離廢
得樂

卻總忘了要留小指指甲
好讓我止思念的癢

剪不剪留不留
總恰不到好處
鋼琴或吉他
鼻毛或陳垢
清爽或止癢
留太長最後爛尾
剪太深最後發炎
時時修剪又怕習慣那個剪斷瞬間的爽快
人生還長
想到再剪

不要忘了洗

昨晚的肉粽還在電鍋裡
忘了啟動滿載的洗衣機
地板是吸了還是沒吸
九點前打到卡
如就是要娶到你的一心一意
渾然不覺那些閒置的東西

隔了幾季
一低頭發現對吼自己有肚臍
又擱置了多少不為己知的塵絮
糾結成團

拒絕剝繭更不願分析
築塵絮成巢
趁還不見革命的大旗
未織成道德的大衣
朝深處進行全面的清洗
再次赤裸純潔
如初生般光鮮亮麗

他們說好女孩（不）要AA制

讓他牽一隻手
只給他一半的心
你們去荷蘭
約會
輪流說無關緊要的雙關笑話
全世界都長一樣的文青咖啡店
聽他說手沖才是正道

海

反正照片裡嚐不出味道
上唇沾著奶泡
點頭微笑

分開的時候
他們說好女孩不要ＡＡ制
好顯得男人的大氣與有擔當

分開的時候
他們說好女孩要ＡＡ制
免得被說是吃人豆腐的預謀

無論是騎樓路邊攤
還是新光三越
好女孩不過是最軟的一塊
豆花
輕易地在糖水中

被舌根切碎
面前的帳單
附帶整個社會
不只十趴的期待

再怎麼全力打過去的正拍還會回來找你

總有一些不假思索的橫移
左閃右閃
還沒反應過來就跌進沼澤
一不小心也會撞上大浪起兮
追上閃電雷鳴
有時候也想往最痛處殺去
明知道

再怎麼全力打過去的正拍還會回來找你
更刁鑽更無語更疼痛
懸在半空只剩兩秒祈禱世界和平

如果這次還能救回賽末點
我發誓不再對你截擊
發球從此溫柔
得分不再握拳
輸贏不再嘶吼
頂多在踉蹌破音的時候笑你北七

夏夜靈異故事

1

我們常在夏天見面
夜深人靜驀然回首
像是自己出給自己的難題
要視而不見地逃避
還是正視
原來你也在這裡

我們之間與整個世界的
僵持
像是多年後某個午後
偶聞舊情人的消息
強裝文明的不在意那般地僵硬
（啊，到底要聽還是不要聽）

2

長頸鹿從未說過美語
月亮沒有蝦餅
而愛琴海其實無關愛情

他們說你並不存在於這裡
一切只是我成長記憶裡的幻影
（所以不能只有我看到，但怎麼只有我看到）

如夏夜晚風撥動我的神經
如此地微涼
只是我們還不知道他的姓名
敷衍地成為
某個夏夜的靈異故事

但願某天
跟強制加上風味兩字的泡麵相同
掀開人生妄想的浮誇外衣

就像早知道裡面只有三杯沒有雞
從此不再存疑
乖乖認命

註：德國因為緯度高的關係而沒有蟑螂，但我住的地方總是會在夏天看到一種長得有點像蟑螂的蟲（德國室友堅稱那不是蟑螂，但我們也不知道叫什麼）。神奇的是，會怕的人總是特別容易注意到他們的存在，最後還是痛下殺手。連殺兩隻有感而作。

ㄓㄢˋ著不喊腰疼

佛祖一般地坐著
沒有鋼鐵或是
至少至少木頭般的意志
遲早被掛在鉤上秤斤論兩
軟弱的肉身
頭痛還是腰痛
湖中女神讚賞你的誠實

誰不想成為湖中最大尾的
那隻比目魚
沒有腰就不會腰痛呢
湖中女神面有難色
「希望我們共體時艱」

多年的修行
練成一隻
說話很大聲的木魚

終於可以名正言順地佔著
螢幕裡閃爍的承諾
叩叩叩地被敲響

頭卻不知不覺壓得更低了
「都已經佔著了你還想怎樣？」
大家說好ㄓㄢˋ著的

不喊腰疼

註：居家隔離辦公久了以後，原本就有的腰痛越演越烈。寫此作的那周索性站著吃飯，想到不僅要為五斗米折腰，還得站著吃飯，有點好笑。致所有因椎間盤突出困擾的上班族。

我真的忘記薯片到底多好吃

喀喀聲中驚覺
嘴裡又出現了薯片
海裡載浮載沉了大半輩子
風浪一起就吃進太多鹽分
近在眼前也拒絕上岸
拒絕承認游泳圈的救贖多麼不必要
就讓傑克再次沉入海底
白眼從來不會翻膩

又是聽著這首歌在中永和迷失
岸上的城市沒有日昇日落
不能指著哪顆星就說
這就是我要的方向
副歌突然漏掉的一拍
平行宇宙的疑問
和偶然跳出的訊息通知
一再衝突
準備好的游泳圈
一再無用
同一部電影也沒關係
同一條路線
同一個人

同一種日常
同一片海
如同我也沒忘記薯片總是同樣的鹹味
還是依然不夠的
如同那些說出口和沒說出口的
還是會再一次又一次
再說一次

浴廁獨白

在身心皆寒的時候被放得太近
還曾笑那個隔壁的誰
心靈脆弱
結果一熱
就裂了

怪誰呢？
儘管花紋繁複

海

光鮮亮麗地同一模樣
講求速度的
工業產物

還勉強堪用
就也說服自己那是另一番風景
刻在早晨的獨處裡
侘寂與過量的的wasabi
同樣令人涕泣
天知道我們都是真心

數一數二
數三四五六七

我們有秩序地
被困在不同的位置
行禮如儀
共度同一場便祕
如果你在未來某一天想起。

不想到卻又幾度認為快到的

1「這就是我的極限了」

隔天還是把底線往地球的另一端
更延伸出去一點
啊不用再憋著這口氣堅守
底線前後同樣無氧的大氣層外
一不小心也會失笑而羽化

宇宙大的空間
給你撤退

2「這還不是我的極限」

不喝醉聲明不可能阻止
餐桌兩邊刻意的杯觥交錯
喝到橫過黑水溝
清醒催吐玉門關
返去安坐中央山脈
舉起遮天白旗
寫著我的名
叫今天沒有極限

3「我不知道自己的極限在哪」

上班會上到習慣成自然
恍恍惚惚
看一百年普通的新聞
寫一百首平庸的詩
不去碰觸島嶼的底
也就變不了島嶼的天
載浮載沉在密度差不多的語言
直到體悟耍廢也有極限
好廢

寫作計畫無預告休刊一個月後心得

只要作業還是作業
用一小時完成已是極限
外面藍天白雲
電玩推陳出新
謬思的泉邊空無一人
沒有作業沒有壓力沒有陰雲
板塊擠壓不出奧林匹斯

冥河切割不了惡與善
靈魂沖積出的空白如此明媚
不小心就當成了留白

最後作業不再是作業
發現手執的閃電也一起邁入三十歲
卷上的焦痕重新蔓延
流亡的路徑終結
至此
情願作業伴生入死
跪求作業一寫再寫

斷網之後

雲朵被打叉的瞬間
沒了音樂沒了消息沒了畫面
登時也沒了方向
我的死因跟被傑克謀殺的巨人一樣

從雲端摔落後
我變成了一頭恐龍
一格空白

海

就可以義無反顧
每天早起趕打卡般地往前奔去
直到出其不意的仙人掌
讓我腳踝中了一箭

說不準
反覆奔跑跟反覆堆石頭
哪一個比較百無聊賴
說不準
斷了訊號跟出門只能戴N95*
哪一個比較罄竹難書
原地等待或重新來過
直至獲准從死亡離開

瘟疫蔓延
我們在雲上展示我們的臉
偶而懷疑又有誰會想要翻到這一頁
那些只在雲上相會的人們啊
願哪天我們地上再見

＊巴伐利亞邦政府要求自二〇二一年一月十八日起，搭乘大眾交通工具或進商店都必須配戴N95（歐規FFP2）等級的口罩。

願做一條通情達理的U型管

有些時候怨氣也會長的
等不到那一聲
撲通
一刀無法兩斷
用力的都震耳欲聾啦
還是說不出清脆的再見

轉身緊盯離別捲起的漩渦
到不到底
眼睛都擠出了血絲
也未必能有確實的目送
再經幾千次的輪迴
還是抵不過一次茅塞頓開

尚未麻木者的眼角
願意傾聽者的耳朵
你家長出青苔的馬桶
都為之堵塞
終日撞見的屎屎尿尿
早已忘記他們原本的樣子

佯裝香甜可口
還是忍不住成為罪魁禍首

足夠幸福了

她在今天結婚了

她在今天結婚了
我無用文字與塗鴉的最大收藏者
在我滔滔不絕的不正經之中
低頭用軟軟的字體寫堅定不移

她在今天結婚了
柔軟微糖的外衣下

海

堅信所有驚悚片都是搞錯了笑的喜劇
我們無需當那桶吃驚過頭的爆米花

她在今天結婚了
窗外黑夜是高中女孩的眼眸晃動
晃動著儘管架上物品依舊沉默
而世界在傷害與後悔中繼續轉動

她在今天結婚了
遠處教堂鐘聲因為其他理由敲響
遠處鴿群因為其他理由振翅
但此處某些眼淚
因婚禮的誓言證證
獲得圓滿

事發於板南路與中正路口

百鬼盡出的夏末
詩意盡失的夏末
處暑的拖稿
直到九月一日被第一片落葉擊中
多不情願也
白露出了馬腳

十幾年了
吐司機還不跳起來
為了趁熱親吻
為了趁熱離開
滿地空白
直到九月一日被第一片落葉擊中
為你烤的吐司開始浪漫
微笑都成了竊笑

「九月一日被第一片落葉擊中」
並拒絕附註不是落葉的可能
不是今年最後一隻蟬
不是燒不乾淨的情書

不是那片早已太焦的吐司
啪
就這麼佔滿視野
震動世界的小通知

台北你懂個

這裡的紅綠燈懂擋
天下無急事教到你明白
人生無常也秀到你麻木
三個鼻孔向下
無聲告訴你
不過如此

這裡特別多人懂吃
不吐人言更不吐骨頭
太軟太硬太淡不痲不辣不鹹
我幹你社會怎麼不去吃
白飯配肉鬆
啊差點忘了多數人還是吃素的

這裡的雨懂下
平均沾濕
每季不想出門的日子
每個假裝想打球的晚上
每次的欲生又欲絕

下得細小黝黑四處叢生
再下到柏油都反射出霓虹

這個城市懂我
大橋、流水、道路、高架
如十幾年的青春橫縱在此
留不住也追不得
終究許我愛人度餘生

資格

1 那些容易得到的

多吃幾年的飯
在腹中不斷熬煮
每天都在膨脹的那些與這些
就有坐穩老屁股的資格

海

靜觀其變
用膝蓋去聽風的聲音
選對立場
就有大聲嘲笑的資格

破碎的言語
去湊那些得不到的
玻璃一般地痛
就有稱為詩的資格

2 那些不容易得到的

幾晚苦讀
幾瓶維他命與咖啡
才有彷彿一切都毫不費力的資格

儘管說些不著邊際的幹話
總是笑嘻嘻的人
失戀的時候
才有裝作若無其事的資格

驚濤裡面翻船
奮力奔跑幾步被絆倒

才有確信週末為戀人提著菜籃
無所作為乃是種幸福的資格

不過就一份便當

1

還爭什麼呢
我們都是昨夜的冷飯
在第三節下課
被放在同個大箱蒸

昨晚躺在書包中的成績單
今早的課堂小考
多年以後才知道那不是人生中
唯一的白卷

背負整個上午的期待
努力地成為
別人眼中比較香的那一碗

2

充滿誤解的列車
推車販賣著過苦的咖啡

習於被卡在路上的人們
一起嚼著乾麵包
薄薄一張紙裹著思念與食慾
悉悉窣窣
我們用齒縫打著詩句
稀稀疏疏

在與你無關的北國
凝固的暖氣與停滯的車廂
我也漸漸也成為善於忍耐的一員
隱忍地再也寫不出
比麵包上的奶油更加濕潤的句子

在這身不由己的當下
我是想你的
油膩排骨
滷得透徹的蛋
就算是煮過頭的飯
都是心照不宣的浪漫

做學問要在不疑處有疑

請選出最貼近作者本意的詮釋
ADBC　CBDA
無意義的頂針
我們試圖探尋其中的隱喻
膝跳反應正確答題
申論題的高分訣竅
根據時態選擇反攻還是堅守價值

海

顯而易見的有疑處
權威的詮釋貼著白底黑字
不宜有疑
反正作者已死
我們只能站在對的那一方

而所有父母都相信
考試一百分的孩子
人生會一直對下去
對街的女子用唇語對我說
「不要相信得太早」

獨身一人的木瓜色黃昏
發現那女子正是多年後的自己

身經百考才領悟到
風向如此多變
最對不過
愛人手中一串烤黑輪
如此無庸置疑

廢文新詩化運動

句子可長可短但篇幅不須多
用詞可白話可艱澀但不須正確
敘述要偏偏在令人最期待的
地方中斷
好像深吸了很多口氣才把故事
講完
流水帳也能
假裝是詩

意象或幽默或煽動然常須精準
節奏要工整要跳動偶爾也須押韻
小至今天吃的早餐
昨天上的廁所
上個月未繳的帳單
大至明天周一真的不想上班
廢到笑的日常都可以
假裝是詩

無聊透頂的生活瑣事
撕心裂肺的轉折
詞句精心堆啊砌的

就這麼糊里糊塗的過了
我也就如此這般活了下來
之後的人生
我也都準備
假裝是詩

作業

1 國文作業

一筆一畫
罰寫直到對那個名字厭煩
而那些字也漸漸地
長成其他的樣子

2 數學作業

曾經也為兔子與雞抱委屈
長大以後
早上九點的卡
把我們打成同個模樣
幾隻兔子幾隻雞
甘心被關在同個籠裡

3 自然作業

在春天抽出新芽
夏天猖狂地綠

然而結果不結果
眾人都必須承認
無人能直接翻到最後一頁對答案

4 人生作業

每週工作四十小時
每日對著游標閃爍苦思
每晚感受愛人規律的鼻息
整個宇宙不斷重複的節奏
嗡嗡嗡嗡嗡
「幸福就是渴望重複」

而我願認命地勞動
汲取應許的花蜜

說是致敬其實是在德國深夜想念廟口夜市

石頭烤著玉米與黃昏
誰還在自顧自地敲三角鐵
曾經灼熱的眼神在夜色裡降溫

看久了也就明白
同樣是炸物
有些人是永遠要排隊的鹽酥雞
有些人是望穿秋水的土魠魚

海

而有些人
無所謂地徜徉在杏仁茶裡

一個人的羹麵也還是甜的
咬著滷蛋
再怎麼說不清的故事
也不會比對街水果攤更芭樂
甘草人物的一片真心

電風扇嗡嗡奏著背景音
彷彿最後一碗豆花上的碎冰
會融得慢一些

烤黑輪的阿伯也已經幸福了
可我還在致敬十四歲時讀過的詩
念念有詞
隔壁神明或許有聽見
你我遠道而來
跋涉過大火的意麵
你柔軟的眼瞼
比熟透的洋蔥更甜

希望這世界再更少一點少不更事的錯過
或是再多一點置死地而後生的自我揭露

終於悟了什麼是你誨我不倦的
適者生存
如今我回贈你一顆隕石
隨之而來的全球寒冬
是我應得的勝利
從此你不會忘記我在庇護所外
這幾億年來的大滅絕

在此之前
我不準備和你互相保證毀滅
試著參透你的主義
甚至擁抱你藏飛彈的冰山
直到你賦予我召喚隕石的能力
不偏不倚
落在我可以最後一次陪你
一起被炸得面目全非的無眠海底

曾寄望在你身邊就能好好呼吸
卻差點突變成台北盆地第一隻厭氧的
無毛大猩猩

你教會我的天擇物競
是兩人世界裡命定的隕石
只有一人能活下來得到必然的孤寂

孤寂直到海平面上升九千公尺
直到換你不得不崛起
成為我唯一的溫暖島嶼

營養過剩的孤獨外食族

無人島上
連續三十天漂來了
瓶中信、排球和排骨便當
遠渡重洋的字句已模糊
想著每日你以淚成書
但威爾森說是你塞子沒塞牢
事後你問為什麼這些日子以來
電話都打不通也沒有賴

我說你背叛全台的便當
吃著鷹嘴豆泥在雪中飛翔
無人島上我如何熊熊的烽火狼煙
你也不會看見
便當裡的芥菜都被擱在一邊
一格有你嫌棄的蛋黃
一格有你沒洗的棉T
三十片癡心的排骨
都不出所料的送進馬桶
徘徊在在市中心
如期倒掉發苦的剩菜
定期掃著沒人分享的廁所
定時吃著沒人稱讚的排骨便當
邊哭邊笑在無人島上

物質充滿的早衰青年

我跟你說
只要再集5點＋1999天
就能換到他五星五鑽的一次正眼
耗心甚鉅
未開封的耳語都過了保存期限
太習慣於買一送一的例行
久而久之在三十歲這時

成了白髮蒼蒼的巨人
有兩倍的溫柔
得到兩倍的拖延
花光了兩倍的運氣

自詡聰明的消費者
等到了下殺五折的終於分手
費盡苦心蒐集的折價券
已派不上用場
省著不買的鹽味洋芋片
兌成沉甸甸的憔悴
還有準備騰空而起的健康

堆滿倉庫的皇家泡腳盆
米其林主廚鹹魚
也會有人重金收購
不計代價
不棄不離

我的人生就是這麼小家子氣

1

一週一次
翻閱各家消息
比較誰比較有誠意
我期待著
下一頁與你非預期地巧遇

海

2

即將用罄的甜蜜
但我可以忍著不吃棉花糖
等到週五點數五倍送
換未來一塊兩塊的累積
釀不成蜂蜜
我甘願為你
成為為生活汲汲營營的蒼蠅

3

趕在折價券到期
排隊入場去見你
別說我太小家子氣
你知道唯有
有愛的
才算數

祝各位終成高山

豪雨連年
巍峨如你也會失守
混著爛泥和作梗的鋼筋
贈世界一座再一座
深藏腹中
比在手上的萬年小黑山

但總有人摳著你的坡腳
只好在某個夜裡掩埋那些的哭悲
旁人以為或神或鬼
慌忙另起新的寓言
「某山拔地而起欲衝撞天庭遭天將連戳十一槍後崩塌」
哈你才終於笑出聲來

以腹部擠壓出下一輪生死福禍
漸漸也會有隆起的
野心和愛人心
改當一回溫柔的峻嶺
再高聳也甘願被踐踏
任由誰的地質或氣候作用

直到能給出無隙無縫無二的
擁抱

跋：阿伯醒來又是一個好端端的少女

只開擴音聊天少了點什麼
你的體溫與提問
潮水來來去去
還是有穿上褲子的必要
確保門被打開
能拉起不失禮貌的嘴角

快要遺忘的時候
快要聽不見雨聲的時候
啪啪作響是你颾在我耳邊的風
視線向上
喝珍奶必備的粗吸管就這麼飛走
被遺棄在杯底的
是那麼有料

咖啡因與屁股肌肉不受控跳動
右手的油門左手的酸痛
緊咬不放的警笛聲
終將一切靠了邊
曾說得強硬但終究要放軟

倒數三小時的剩餘睡眠
下次見到你時我們再一起加油

創作時間軸

二〇二〇年

三月二十九日　〈購物慾〉／海
三月二十九日　〈都買不到啦〉／叔
四月十二日　〈想睡〉／叔
四月十九日　〈牙痛〉／海
四月十九日　〈這不是暴牙是下顎內縮〉／叔
五月二十四日　〈並不期待些什麼〉／叔
五月三十一日　〈台北你懂個〉／叔
六月七日　〈她在今天結婚了〉／海
六月二十八日　〈等〉／海

六月二十八日　〈等〉／叔
七月五日　〈指甲〉／海
七月五日　〈要剪不剪〉／叔
七月十二日　〈不要忘了洗〉／叔
七月十二日　〈夏夜靈異故事〉／海
七月二十六日　〈被放鳥〉／海
七月二十六日　〈放鳥函數〉／叔
八月二日　〈週五的公務員〉／叔
八月九日　〈雙腿間遭遇過的痛苦還會回來找你〉／海
八月九日　〈再怎麼全力打過去的正拍還會回來找你〉／叔
八月二十三日　〈曾經也相信〉／海
八月二十三日　〈不想到卻又幾度認為快到的〉／叔
九月六日　〈一茫就周末〉／叔
十月十一日　〈寫作計畫無預告休刊一個月後心得〉／叔
十月十一日　〈作業〉／海

十月十八日　〈Wanderung——致F〉／海
十月十八日　〈祝各位終成高山〉／叔
十一月六日　〈果實〉／海
十一月八日　〈每天都在打躲避球〉／叔
十一月十六日　〈做學問要在不疑處有疑〉／海
十一月二十二日　〈碰巧躺在這〉／叔
十一月二十二日　〈吃火鍋〉／海
十二月二十一日　〈從此〉／海
十二月二十一日　〈希望這世界再更少一點少不更事的錯過或是再多一點置死地而後生的自我揭露〉／叔
十二月二十八日　〈物質充滿的早衰青年〉／叔
十二月二十八日　〈我的人生就是這麼小家子氣〉／海

二〇二一年

一月十日　〈再怎麼說也是必須相對易詩的吧〉／叔
一月十八日　〈世界斷網日〉／叔
一月十八日　〈斷網之後〉／海
一月二十四日　〈討債人生〉／叔
一月二十四日　〈我一生都在對不起人〉／海
一月三十一日　〈每天喚醒我的不是鬧鐘也不是熱情〉／海
一月三十一日　〈願做一條通情達理的U型管〉／叔
二月十七日　〈坐北朝南〉／叔
二月二十二日　〈廢文新詩化運動〉／叔
二月二十八日　〈過半〉／海
三月十四日　〈粒粒在目〉／海
三月十四日　〈記得小心黃麴毒素〉／叔

三月二十二日　〈濫好人的資格取得〉／叔
三月二十二日　〈資格〉／海
三月二十八日　〈不過就一份便當〉／海
三月二十八日　〈營養過剩的孤獨外食族〉／叔
四月十八日　〈內勤十一個月輪迴式記事〉／叔
四月十八日　〈ㄓㄢˋ著不喊腰疼〉／海
五月三十一日　〈再滑啊〉／叔
七月四日　〈反正還是會忘記〉／海
七月四日　〈我真的忘記薯片到底多好吃〉／叔
七月十八日　〈連續四個工作日起床都想裝病〉／海
七月十八日　〈裝病最好選在疫情期間〉／叔
七月二十五日　〈浴廁獨白〉／海
八月一日　〈一事無成功三十〉／海＋叔
八月八日　〈阿伯醒來又是一個好端端的少女〉／叔＋海
八月十六日　〈說是致敬其實是在德國深夜想念廟口夜市〉／海

九月五日　〈拖一拖〉／海
九月五日　〈事發於板南路與中正路口〉／叔
十一月七日　〈十月小記在有天際線的城市〉／海
十一月十五日　〈他們說好女孩（不）要ＡＡ制〉／海
十一月二十一日　〈斷線之後〉／海
十一月二十一日　〈盡在不言中〉／叔

讀詩人151　PG2722

三十Early

作　　者　大叔與海（陳宥瑋、李宛諭）
責任編輯　石書豪
圖文排版　陳彥妏
封面設計　蔡瑋筠

出版策劃　釀出版
製作發行　秀威資訊科技股份有限公司
114 台北市內湖區瑞光路76巷65號1樓
電話：+886-2-2796-3638　傳真：+886-2-2796-1377
服務信箱：service@showwe.com.tw
http://www.showwe.com.tw
郵政劃撥　19563868　戶名：秀威資訊科技股份有限公司
展售門市　國家書店【松江門市】
104 台北市中山區松江路209號1樓
電話：+886-2-2518-0207　傳真：+886-2-2518-0778
網路訂購　秀威網路書店：https://store.showwe.tw
國家網路書店：https://www.govbooks.com.tw
法律顧問　毛國樑　律師
總 經 銷　聯合發行股份有限公司
231新北市新店區寶橋路235巷6弄6號4F
電話：+886-2-2917-8022　傳真：+886-2-2915-6275

出版日期　2022年4月　BOD一版
定　　價　280元

讀者回函卡

Printed in Taiwan

國家圖書館出版品預行編目

三十Early / 大叔與海(陳宥瑋, 李宛諭)著. -- 一版. --
臺北市： 釀出版, 2022.04
面； 公分. -- (讀詩人；151)
BOD版
ISBN 978-986-445-640-6(平裝)

863.51 111003300